Michelle Nkamankeng

Esperando pelas
Ondas

1ª Edição

São Paulo
2020

Título original: Waiting for the Waves
Copyright © 2020 – Michelle Nkamankeng
Direitos de Edição e Impressão: Trilha Educacional Editora
Autora: Michelle Nkamankeng
Capa: Lawrence Symonds
Ilustrador: Megan Venter
Editor: Luís Antonio Torelli
Projeto Gráfico: Tarryn George
Tradutor: Julio A. de Souza
Diagramação: Intacta Design

Dados Internacionais de Catalogação na Publicação (CIP)
(Câmara Brasileira do Livro, SP, Brasil)

Nkamankeng, Michelle
    Esperando pelas Ondas / Michelle Nkamankeng ; [ilustrado por Megan Venter ; tradução Julio A. de Souza]. -- 1. ed. -- São Paulo: Trilha Educacional, 2020.

    Título original: Waiting for the waves
    ISBN 978-65-87995-02-1

    1. Mar – Literatura infantojuvenil 2. Mar – Literatura infantojuvenil I. Venter, Megan II. Título.

20-46561   CDD - 028.5

Índices para catálogo sistemático:
1. Literatura infantil 028.5
2. Literatura infantojuvenil 028.5

Maria Alice Ferreira - Bibliotecária - CRB-8/7964

Todos os direitos reservados. Nenhuma parte desta obra poderá ser reproduzida por fotocópia, microfilme, processo fotomecânico ou eletrônico sem permissão expressa do autor.

Impresso no Brasil

Trilha Educacional Editora
Rua Pires da Mota, 265 – Aclimação – 01529-001 – São Paulo/SP – Brasil
Fone: 55 11 3209-7495
contato@trilhaeducacional.com.br
www.trilhaeducacional.com.br

Este livro pertence a:

_____

Agradecimentos

Primeiramente, gostaria de agradecer a Deus todo-poderoso por ter me concedido força e conhecimento para escrever este livro. Também quero agradecer à minha equipe e, principalmente, à minha mãe, ao meu pai e à minha irmã pelo auxílio. Agradeço ainda a todos aqueles que possibilitaram a publicação desta obra.

Dedicatória

Este livro foi escrito, com paixão, para minha família.
Espero que gostem dessa história.
Divirtam-se!

Um abraço a todos,

Michelle Nkamankeng

Prefácio

É uma grande honra prefaciar este livro, escrito por um dos alunos do Colégio Sagrado Coração.

Devemos ensinar aos nossos filhos que eles estão crescendo em um mundo no qual nada nos é dado de bandeja. Os empregos que seus avós e pais tiveram já não existem.

É incrível que uma criança pode acreditar em sua própria capacidade de criar algo capaz de agradar a outras pessoas, algo que seja fruto de seus próprios esforços, e que o produto de seu trabalho e criatividade tenha significado para o mundo.

Lembro-me de levar minha filha, quando pequena, para nadar, pular ondas, escorregar nos toboáguas, e a leitura deste livro me fez sentir saudade daqueles tempos. Contudo, essa história está centrada na coragem de Titi e na mensagem que Michelle quer passar para os jovens leitores: tudo o que você quer é possível.

Não acredito que a idade deva ditar aquilo que as pessoas são capazes. Eu estimulo os leitores a julgar a obra de Michelle baseados no conteúdo e no prazer desfrutados.

Adoro trabalhar em uma escola que cria oportunidades para crianças se expressarem e compartilharem essas experiências com o resto do mundo.

Colin Northmore
Diretor do Colégio Sagrado Coração
Johannesburg, África do Sul

Esperando pelas *Ondas*

Michelle Nkamankeng
Ilustrado por Megan Venter
Inspirado por Sheena Nkamankeng

Sumário

Titi 12
A Grande Piscina 16
Tio Joe Tenta Proteger Titi 22
Dentro do Toboágua Coberto
é Escuro 31
A Onda Gigante 41
A Garota Mais Corajosa
do Mundo 48

Titi

Esta é a história de uma garotinha chamada Titi.

Titi mora com sua família em uma bela casa próxima a uma praia bem grande. Ela adora a praia e o imenso mar azul. Por isso, passa a maior parte do tempo lá, às vezes, esperando pelas ondas, às vezes, apenas nadando.

Titi fica nadando, nadando e nadando. Ela nunca se cansa. Ela simplesmente adora as ondas gigantes na praia.

"Como eu gostaria de saber de onde vêm essas ondas gigantes.", ela sempre pensa em voz alta.

A Grande Piscina

Perto da praia, há um grande hotel com uma grande piscina. A piscina é chamada de "Londres" e, próximo a ela, tem um toboágua chamado "Tubesi".

Titi passa a maior parte de seu dia sentada na areia, esperando pelas ondas ou em frente da piscina, observando os hóspedes entrando e saindo do hotel.

Nesse dia tão ensolarado, ela ficou muito entediada e disse para si mesma: "Vou a um desses toboáguas. Deve ser mais divertido do que ficar apenas aqui sentada, esperando pelas ondas."

Assim, ela corre na direção do maior dos toboáguas. O tio Joe, que está cuidando dela hoje, vê Titi correndo para o toboágua. Com receio de que a garotinha possa se machucar, ele se levanta com dificuldade e corre atrás dela.

"Meu Deus! Ela está correndo para o toboágua sozinha.", tio Joe fala para si mesmo, preocupado.

"Não posso deixá-la ir assim sozinha."

"Alguém pode, por favor, ir atrás dela?" Ele a chama, elevando sua voz, ao mesmo tempo que tenta se levantar para correr atrás da menina.

Tio Joe Tenta Proteger Titi

"Titi, Titi!", ele a chama em voz alta, mas ela vai embora.

"E agora? Eu sou apenas um velho, mas não posso deixar que ela vá sozinha. Tenho de ter certeza de que está segura. Prometi a seus pais que iria cuidar dela.", tio Joe reclama com sua voz fraca e aflita enquanto tenta correr atrás da Titi.

Finalmente, tio Joe encontra Titi em pé na fila esperando sua vez no toboágua. Ela fica eufórica quando o vê correndo em sua direção.

"Tio Joe, veja, só tem mais dois antes da minha vez.", ela diz pulando excitada e acenando para ele.

"Menina, estou sem fôlego.", diz o tio ofegante tentando alcançá-la.

"Estou tão animada, tio Joe!", Titi acena enquanto se prepara impaciente para pegar o toboágua.

Vendo Titi assim tão animada, o tio tem a impressão de que ela vai explodir de alegria quando chegar sua vez na fila.

Então, ele decide que vai ser mais divertido se ele fizer companhia para a sobrinha. Aí, ele tira os sapatos e a camisa e fica pronto para se unir a ela na fila.

"Titi, espere por mim.", ele grita animado, acenando.

Cheios de alegria, eles encontram os toboáguas que eram exatamente do tamanho ideal para eles.

Ambos entram nos toboáguas e fazem CHUÁ, CHUÁ, escorregam pelo brinquedo e caem nas águas azuis e limpinhas da grande piscina.

"Hahahahahahaha", Titi e o tio sorriem enquanto saem lentamente das águas mornas da piscina.

"Isso foi divertido.", diz o tio olhando para Titi.

"Vamos de novo, por favooooor.", implora a menina.

"Ok, ok, garotinha.", responde o tio ofegante.

"Siiiiim, legal.", sorri Titi.

Ele escorregam pelo mesmo brinquedo e depois correm sorridentes até o topo do próximo toboágua que é bem maior e tem uma entrada escura.

Dentro do Toboágua Coberto é Escuro

"Quando você sai desse toboágua, não consegue ver nada. E parece que ouve um fantasma.", tio Joe sussurra para Titi que fica visivelmente muito assustada.

Tio Joe nota que Titi está tremendo.

Ele não sabe se ela está tremendo de medo ou de empolgação.

"Ha! Ha! Ha!" O tio ri muito.

"Só estou brincando. Você vai sair do toboágua e cair na mesma água limpinha que estávamos antes.", explica ele.

"Calma, Titi. Você vai cair na mesma água limpinha de antes.", ele repete ainda rindo.

"Você é muito malvado, tio Joe!", Titi grita empurrando-o para o lado e passando à sua frente na fila do toboágua.

Então, é a vez dela novamente.

Tio Joe e Titi colocam suas boias de novo.

"Pronto?", ela pergunta virando-se para o tio.

"Pronto.", tio Joe responde sorrindo.

Felizes da vida, eles tomam seus lugares na entrada do toboágua e vão CHUÁ, CHUÁ. Eles deslizam através do toboágua grande até caírem nas águas limpinhas e azuis
mais uma vez.

Com um grande TCHIBUM, eles caem nas águas azuis, limpinhas e mornas novamente com uma risada de felicidade.

"Venha tio Joe, vamos dar mais uma volta nadando na água azul e limpinha."
A garotinha começa a nadar antes do tio com um sorrisão no rosto.

"Grande ideia, Titi.", responde o tio enquanto nada atrás dela.

"Veja se me pega, tio Joe.", Titi grita e nada mais rápido em direção ao outro lado da piscina com o tio tentando alcançá-la.

"Espere por mim, Titi.", ele grita sem fôlego.

"Não posso nadar tão rápido quanto você, garotinha."

Titi e o tio acabam dando muitas voltas nas águas azuis e limpinhas, divertindo-se
e brincando.

"Veja, tio Joe!", Titi grita, de repente, apontando para o imenso mar azul.
"A onda gigante, a onda gigante.", ela grita empolgada, saindo da piscina e correndo em direção ao mar.

A Onda Gigante

"Tio Joe, olhe a onda gigante, olhe lá!", diz a garotinha apontando para o mar.
"Ela está vindo em nossa direção, tio Joe?", Titi olha para ele assustada.

Apavorada, ela dá um passo para trás, vira e corre para o tio. Ao mesmo tempo, ela vê o resto de sua família, sua mãe, pai, suas duas irmãs e seu irmão, vindo em sua direção, bem na hora de ver também a onda gigante.

"Eu tenho medo da onda gigante.", Titi diz, segurando a mão do tio.
"O quê? Você tem medo da onda? Você adora as ondas. Você ficou esperando pelas ondas gigantes o dia inteiro.", tio Joe retruca sorrindo quando ela pega em sua mão.

"O que é isso, Titi! Você é a garota mais corajosa do mundo", ele diz tentando tranquilizá-la.

Titi olha para o tio e sorri.

"É mesmo, tio Joe? Eu sou a garota mais corajosa que você conhece?", pergunta, olhando para seu tio com seus olhos bem abertos.

Tio Joe confirma o que disse, acenando com a cabeça. "Sim, você é a garota mais corajosa que conheço. Você é a minha Titi corajosa.", ele diz enquanto a abraça.

"Eu serei corajosa, tio Joe", diz Titi, saindo do abraço do tio e caminhando com todo o cuidado em direção à onda gigante.

Se ainda está com medo, lembre-se de que eu estou aqui e nada poderá lhe acontecer enquanto eu estiver com você.", ele lhe diz ao vê-la caminhar.

Como Titi ainda está com um pouco de medo, ela olha para o tio.

"Eu quero que você venha comigo, tio Joe, por favor, venha comigo."

Titi agarra a mão de seu tio com força, olhando-o diretamente nos olhos.

Juntos, ele correm para o mar enquanto o resto da família torce por eles.

"Em frente, siga em frente, Titi.", eles dizem.

Titi está muito apavorada enquanto corre em direção ao mar com o tio. À medida que eles se aproximam das ondas gigantes, tio Joe vai encorajando a sobrinha.

"Vamos, Titi, você consegue, você é corajosa."
Ela coloca seus pés na água fria do mar.
A água está gelada e ela adora isso.

"Veja, tio Joe, a onda foi embora!", diz apontando para a água.

A Garota Mais Corajosa do Mundo

"Conseguimos, chegamos bem na hora de ver as ondas gigantes."

"Sim, conseguimos, conseguimos e eu não estava com medo."
Titi grita, pulando na frente do tio.
"Eu consegui, eu sou a garota mais corajosa do mundo. Eu consegui!"
Titi está tão feliz.

A espera pela ONDA GIGANTE terminou.

"Venha, Tio Joe, vamos entrar novamente no toboágua escuro. Vamos escorregar e cair na água azul e limpinha para celebrar as ONDAS GIGANTES.", ela lhe pede.

"Não! não! não! Tenho de fazer outra coisa agora.", diz o tio.

"Venha, segure sua boia e vá em frente, eu vou depois".

"Ok!", diz Titi, "Estou pronta. Vamos."

E lá vai ela com o tio logo atrás. Eles chegam ao grande toboágua deslizante.

"Vai à frente, Titi, vai primeiro."

"Eu não consigo, tio Joe."

"Vamos. Lembre-se de que você é a garota mais corajosa que eu conheço em todo o mundo e que você já fez isso antes."

"Ok, lá vou eu!" e desceu toboágua abaixo. "Iupiiiiiii!"
Ela grita e vai fazendo CHUÁ CHUÁ dentro do brinquedo.

Tio Joe nunca esteve tão orgulhoso da sobrinha em toda a sua vida. Quando os dois se juntam ao resto da família, Titi conta tudo o que tinha acabado de acontecer.

"Você ainda está com medo da ONDA GIGANTE, Titi?", sua mãe pergunta.

"Não, não estou mais, mãe.", ela responde orgulhosa.

"Legal, Titi... Olhe, tem outra onda gigante se aproximando. Você quer ir vê-la?", sua mãe pergunta, apontando para o mar.

"Sim, sim!", responde a menina. "Mãe, olhe, vou fazer isso sozinha dessa vez.", e partiu sozinha.

Gargalhando, ela corre em direção ao grande mar, parando onde pode ver as ondas gigantes, enquanto elas desaparecem na areia da praia.

"Fiu!", ela exclama enquanto a onda se desmancha na sua frente.

"Oba! Êêêêê!"
Grita alegre a garotinha, enquanto corre de volta para sua família. Felizes, eles retornam para casa.

Desde então, Titi e a família têm morado em sua casa não muito distante da praia.

Então, Titi decidiu escrever um livro, chamado "Esperando pelas Ondas", que você acabou de ler!

Titi e sua família lendo o livro "Esperando pelas Ondas".

Titi e sua irmã lendo o livro na igreja.

Titi apresentando o livro na escola.

O professor lendo o livro na sala de aula.

Aguardem, pois mais livros virão!

Obrigado por ter lido este livro.

Boa Leitura.